钱理群的另一面

THE ARTISTIC SIDE OF QIAN LIQUN

的另一面

钱理群 著

作家出版社

图书在版编目（CIP）数据

钱理群的另一面 / 钱理群 著. -- 北京：作家出版社，2019. 10

ISBN 978-7-5212-0603-6

Ⅰ. ①钱… Ⅱ. ①钱… Ⅲ. ①钱理群 – 自传 – 画册 Ⅳ. ①K825.6-64

中国版本图书馆CIP数据核字（2019）第121037号

钱理群的另一面

作　　者：钱理群
责任编辑：窦海军
装帧设计：梅　彬
编辑助理：陈　黎
出版发行：作家出版社有限公司
社　　址：北京农展馆南里10号　　　　邮　　编：100125
电话传真：86-10-65067186（发行中心及邮购部）
　　　　　86-10-65004079（总编室）
E-mail:zuojia@zuojia.net.cn
http://www.zuojiachubanshe.com
印　　刷：北京尚唐印刷包装有限公司
成品尺寸：170×230
字　　数：23千
印　　张：13.75
版　　次：2019年10月第1版
印　　次：2019年10月第1次印刷
ISBN 978-7-5212-0603-6
定　　价：90.00元

出版说明

钱理群先生不是摄影行家，也从未接受过摄影的任何训练，只是拎个不入流的相机，"很不专业"地拍了一大堆"不怎么艺术"的照片。那么为何要编辑出版他的摄影画册呢？这跟他是钱理群有很大的关系。接下来的问题是：难道一个思想文化名人随意拍的照片就值得出版吗？这是不是一种流俗的"名人效应"呢？

还有另外的视角。就是在社科领域某一方面思考深刻的人，他在其他方面的思考与行为会不会有独到的价值呢？也就是如果鲁迅画了很多画，他的画值不值得关注，值不值得面世呢？答案很可能是值得的。因为这些画即使很不专业，但是起码是鲁迅的另一面的反映，起码是很有研究价值的史料。

编辑钱理群先生影册的想法，源于 1995 年我与他的第一次偶遇。

当时几个年轻人刚刚出版了各自的杂文集，邀请钱先生、王富仁先生等开个小座谈会。座谈、吃饭都在一个不起眼的饭馆的小包间，很不正规的样子。我的现场感觉是，两位老先生事先都做了较充分的准备，发言犀利、厚重、逻辑清晰，还不乏激情。

闲聊中，钱先生说他拍过一张照片——人在荒漠中，就是一个小黑点儿。他想以此表现人与大自然的关系。我猜想，这很可能是一张形式平淡却很有意味的照片，与我看腻了的那些内涵空洞、形式花哨的照片完全不是一码事，并引发了我对于一个资深思想者拍摄的照片的好奇心。我说有机会看看您的照片吧，他连忙微笑摇头说，他的那些照片只是自己拍着玩儿的，实在拿不出手给别人看。

与钱先生真正熟络起来是十多年后的事情，经我多次要求，直到 2017 年，我才翻看了他装了小半个大衣柜的影集，并且被他的一组"怪脸照片"所深深地打动——这位严肃的学者原来还有如此调皮的一面！钱老说他的照片和他的文字的内容是完全不同的另一个世界，还说他更看重自己的这个世界，这是他从不示人的自己的另一面。

对于这个有点出乎我意料的说法，我的理解是，已经唠叨了大半辈子历史、社会、鲁迅……并已经出版了四千余万字的钱先生，他那绝望之中的希望的烛光，可能就要随着他生命的衰亡而熄灭了，所以心生了隐隐的惆怅及复归生命本真的欲望。钱老常说自己是"五四之子"，但更是"自然之子"。他不愿示人的这部分，很可能是更加接近其生命本真的那部分。我想在钱先生这里寻找的，也正是在他那支蜡烛下面的生命朴初的烛台。

至于钱先生的照片艺术上的"不专业"，这是我的另一个兴趣点——我想看看，人类非艺术套路的表达，是否会更加地自然、朴实、真切，是否更容易得见艺术之真谛。

我以为，人类的审美意识与人类的起源同始，审美意识支配下的艺术表达是人的本能，而人类艺术发展到今天，其形式标新立异的变幻及内涵的越发偏狭或平庸，已经让艺术有了冷漠、晦涩、小圈子化的倾向，加之资本社会背景下的商品化的异化，使得所谓的严肃艺术越发地远离人间烟火，就此有的人甚至表达了"艺术的终结"之忧思。于是，我便想象，艺术是不是该向返璞归真的路数靠一靠了？于是，我便想知道在钱先生这里，一个"摄影艺术外行"是如何用摄影来朴素地表达思想情感的。

基于这样的思考，钱先生的这本摄影集子的所谓的"艺术质量"如何，就变得不很重要了。他的作品好，我们就多一回审美享受；不好，就当个艺术的失败案例罢了。然而我相信，不管它好与不好，都不妨碍它会启发我们的一些思索。

钱先生多次说自己在写作之外是个缺乏爱好、生活极其枯燥乏味的人。这让我想到了不走出柯尼斯堡小镇的康德，他可能比钱老还要乏味。可是，康德真的乏味吗？我对钱先生去过哪儿、拍了什么并不怎么感兴趣，我感兴趣的是，他于自己发表的那些文字之外还想了些什么。

交往中我观察到，钱理群与邵燕祥、朱厚泽、张思之、李洪林、戴煌、郑仲兵等这些老先生一样，他们都有着一颗赤子之心。聚会时钱先生的开怀大笑同样像个毫无城府的大男孩儿。

对于这类老人的"赤子之心"，我曾深受感动，后来就习以为常了。他们深怀赤子之心，原本是那样的普遍而又自然而然的。没有赤子般的单纯、质朴、真实、率性，他们又何尝能够成为如此卓越的老者？我很想知道的是，这"赤子之心"的下面是些什么东西，这"赤子之心"又升华出了些什么。于是，我在钱先生的照片中寻觅。

——责任编辑

我与摄影：
我的一种存在与言说方式（钱理群）

每次旅游，我都没有文字留下，我从不写游记。最初以为是自己文字功力不足，但细想起来，这只是一个表面的原因。更深层次的问题是，自然，包括自然风景，恐怕不是语言文字所能描述的。语言文字只是人的思维和表达的工具，在自然面前，就显得无能为力。

坦白地说，面对大自然，我常有人的自卑感。那些大自然的奇观，使你感到心灵的震撼，而无以言说。

正是这一点，显示了摄影（包括电影摄影）的力量和作用。所谓摄影，本质上是人和自然发生心灵感应的那瞬间的一个定格，是我经常喜欢说的"瞬间永恒"。它所表达的是一种直觉的、本能的感应（因此我坚持用傻瓜机照相，而反对摄影技术的介入），不仅有极强的直观性，也保留了原生态的丰富性和难以言说性。这正是语言文字所达不到的。摄影所传达的是人与自然的一种缘分；摄影者经常为抓不住稍纵即逝的瞬间而感到遗憾。这实际上意味着失去了，或本来就没有缘分。

于是，我的自我表达，也就有了这样的分工：用文字写出来的文章、著作，表达的是我与社会、人生，与人的关系；而自我与自然的关系，则用摄影作品来表达。

我经常在学生与友人中强调摄影作品在我的创作中的重要性，甚至说我的摄影作品胜过我的学术著作的价值，这其实并非完全是戏言。对于我来说，与自然的关系是更重要的：我本性上是更亲近大自然的。只有在大自然中，我才感到自由、自在和自适，而处在人群中，则经常有格格不入之感，越到老年越是如此。即使是旅游，我对所谓人文景观始终没有兴趣，我觉得其中虚假的成分太多。真正让我动心的，永远是那本真的大自然。这样的类似自然崇拜的心理，还有相关的小儿崇拜，其实都是来自"五四"——我承认，自己本质上是"五四之子"。

摘自《旅加日记》

卸下面具的我

摄于 66 岁生日

我一生喜欢戏剧，从小学唱京戏黑头，小学和中学时迷上了话剧，还自编自导自演。小学五年级时参加了上海业余儿童剧团，还演过电影《三毛流浪记》中的"小少爷"。

我年轻时候讲课也有点表演性，还很强调朗诵。

我的人生也充满了戏剧性，有位朋友概括我的人生是"有惊无险"。

我的这组所谓的表演，就是用夸张的方式表现平时受压抑的一些内心情绪。自由地故作歌唱、惊喜、痛苦、幽默、欢乐、作怪、调皮、悲伤、沮丧、谄媚、高呼、沉思……状。这背后自有一种真性情。我们在日常生活中总是戴着某种程度的面具。连学术上都有面具，你是个教授，就得有个教授的样子；人们把你当作名人看，更要求你有名人的样子。现在，把这些面具全都摘下，完全不像个教授，更不是名人，专门搞笑。别人看了开心，自己也轻松自如了。

钱理群的另一面

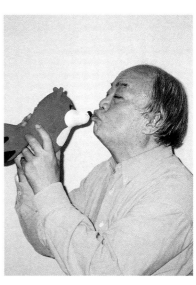

钱理群的另一面

关于人和自然关系的深层次思考

在当今中国与世界，以至未来三十年、五十年，也就是中青年朋友所生活的时代，人和自然的关系，将成为人类第一大问题。

这个问题，我们和我们以前的几代人都不曾遇到过。当年我们把大自然看作利用、征服的对象，人与自然的关系是以人为主体，并且是可以由人来掌控的。于是，在"工业化、现代化"的目标与口号下，我们不断地向地球开战，破坏大自然。现在，遭到了大自然的反抗和报复。连细菌都在反抗——人类原来制造了大量的抗菌素，现在细菌就用变异来反抗，反过来造成我们今天在瘟疫面前束手无策。现在我们再设计、规划、决定人类问题时，就不能不考虑大自然的存在、反应与作用。人类中心论从此被打破。人们认识到，人与自然起码要处于平等的地位。2008 年汶川地震时，作家王安忆说了一句很有启发性的话："我们将和自然永远处于较量、协调，再较量，再协调的关系中。"或许我们可以这样概括："人和自然之间的不断较量与协调，将成为未来三十年、五十年，以至更长时间的时代的主要内容、时代主题词。"

由此提出的，是许多我们从未想过的问题；我们既定的观念、思维方式、生活方式、行动方式……都会遇到巨大的挑战。

首先是发展模式。我们讲大自然的报复，其实就是对工业化、现代化的报复。征服大自然，向大自然无止境地索取，正是单一的工业化、现代化的特征，自然资源、环境的破坏，就成为其必然的结果。而这样的工业化、现代化发展模式，背后有一个"文明进化论"的理念，断言"渔猎文明——农业文明——工业文明——信息文明"是一个历史进化过程：农业文明与工业文明，农村文明与城市文明是二元对立的，有落后与先进的绝对的质的区别。必须全面否定前者，以后者全面取而代之。对这样的几乎是天经地义的发展理念与模式，在重新思考人与自然的关系的今天，恰恰是应该进行反思、质疑的。农业文明、乡村文明保有的人与自然关系的相对平衡与和谐，尽管建立在低生产力水平上，但其精神内核自有它的合理性。今天推动改革时，对乡村文明、农业文明就不能采取简单的全盘否定的态度，而应该有所改革，又有所吸取，注意保护原有的生态平衡，绝不能走"先破坏，再建设"的道路。

其次，人与自然关系的紧张，必然引起人与人关系的变化。生活在同一自然环境下的各阶层的人，有了某种共同的利益，由环境问题引发的不满和反抗，就具有了全民性。这很有可能成为未来社会不稳定的最大因素，从而引发新的政治问题，甚至形成新的社会政治运动的新的组织方式。西方已经出现了以解决环保问题为政纲的"绿党"，就很值得注意。

再次，人和自然的关系，还会引发新的伦理问题。这些年围绕动物保护发生的争论与冲突，背后就有一个动物伦理的问题。此外，还有人倡导"简朴、自然的生活"，以"重建人与自然的关系"，这都是在人的生活方式上提出的新问题。由此展开的是一系列的形而上的宇宙观、天命观的哲学讨论，重新提出"天、地、人关系"问题，中国"天人合一"的传统观念，这些年被广泛关注，当然不是偶然的。

沙漠之一

沙漠之二

钱理群的另一面

沙漠之三

ZZ

我天然地拒绝改造自然，谨慎地对待所谓的人定胜天。

我不去改造自然，但自然也不要改造我，我们相互发现，是一种平等的对话。我在自然面前也是一个独立的个体。我的个体意识太强了，已经深入到灵魂里去了。我和自然相遇时，最好是个本能的人，是超越动物本能的本能的人。我的文字的批判与我的照片，是有内在联系的。

梁漱溟有言，人活在世界上，就是要处理三大关系：人与自然的关系，人与人的关系，人与自己内心的关系。因此，最理想的读书、生活方式与境界，应该是志同道合者聚集在大自然环境里，共同劳动，做饭，过简朴生活，一起读书，讨论。真正静下心来，既与大自然交流，又彼此交流，更逼向内心——读书不仅是交流，还要内省。这样，生命就真正沉潜下来：沉到历史的最深处，社会的最深处，大自然的最深处，思想的最深处，内心的最深处，生命的最深处。这样的沉潜读书，才是真正的读书，才能达到人与自然，人与人之间的和谐，让心静默，这就自自然然地建立起了真正的心灵家园，精神家园。

沙漠之五

在贵州许多民间故事与传说里，都有一个动植物相互转化的模式。如布依族传说《他的老虎父亲》里，父亲死了还要变成老虎来保护他的儿子——这都发人深思。

而且还有植物崇拜，动物崇拜，以至山、石崇拜。

但我们曾经把这一切都斥之为迷信的愚昧。

其实，鲁迅早在 20 世纪初就发出过"迷信可存"的呼唤："此乃向上之民，欲离是有限相对之现世，以超无限绝对之至上者也"。所谓自然崇拜所要追寻的正是人与自然的同源共生关系，所表达的是人对尚未认识的自然的敬畏感，而这背后则隐含着人与自然之间如同一个大家庭那样的和睦相处的祈求。

在做够了"向自然开战"这类真正的愚昧之举（这或许是 20 世纪人类最大的错误之一），并受到惩罚以后，今天又要回到历史的原点上来：当然不是简单地回归自然崇拜，但保持某种敬畏之心却是必要的；或许我们更应该视大自然为友，建立一种平等与和谐的关系。读者不妨从这一角度重读贵州民间故事，一定会别有兴味。

冰川

钱理群的另一面

山和海，我更喜欢海，还有天。这也与我喜欢蓝色有关。我每次旅游看海，都不觉得单调，都会有新的发现。海的纯净与辽阔很吸引我，而山总会有些压抑感。凡是有压抑感的东西我都天然地反感，这可能与我们这一代知识分子的心理创伤有关。

冰心《山中杂记·七》里，有一段"说几句爱海的孩子气的话"，就是用孩子般的天真、固执、极端的语气，谈海与山的比较，从颜色，从动静，从视野，从透视力，力争"海比山强得多"，甚至赌咒发誓："假如我犯了天条，赐我自杀，我也愿投海，不愿坠崖！"一颗未泯的童心跃然纸上。而对于诸如颜色的感受与思索却又是成熟的成年人的："海是蓝色、灰色的。山是黄色绿色的。拿颜色比，山也比海不过。蓝色灰色含着庄严淡远的意味。黄色绿色未免浅显小方一些。固然未免常以黄色为至尊，皇帝的龙袍是黄色的，但皇帝称'天子'，天比皇帝还尊贵，而天却是蓝色的"。在颜色的议论里，竟包含了如此丰富的哲学的、历史的，甚至心理学的内容，由此而产生的审美意识、审美评价完全是现代的。

冰心由看海到议海，由写表面的海上景色到写内面的海的神韵，这"海的女神"，既是艺术的，又是哲学的，而最后归结为人的"海化"，集海的"温柔而沉静""超绝而威严""神秘而有容"，"也是虚怀，也是广博"于人之一身，以"接近大自然"作为"理想的人性"。这正是冰心人格的写照，也恰恰是冰心散文思想与艺术的神韵所在。冰心正是五四时代产生的"海化"的诗人。

钱理群的另一面

有人喜欢海是投入式的。我不是。我基本上是一个旁观者的视角——在海边走，看，感觉。我是观海而不投入海。一投入海，就被海淹没了，海就不是我的了。我很少下海。海滨，大家都下海，一个衣冠楚楚的人在那儿走着，钱理群是也。

钱理群的另一面

钱理群的另一面

钱理群的另一面

我去过多个海边公园，最难忘的是，独自面对海的那一刻：一切的一切，山、海、天、云、树、草、鸟、船……全都凝定。人也凝神静气，心中一片空澄……偶遇这棵树，我让它与大海形成了一种关系。

谈到色彩，我有一个恐怖与荒唐的记忆："文革"一开始，我就被打成反革命，人们就给我安上许许多多你想象不到的罪名。有一个和我关系很密切的学生揭发说，钱某人喜欢蓝色，特别是天蓝色。这是真的，因为我喜欢天空。但下面一句就是编造的了，说我不喜欢红色。这就麻烦了。于是一位美术老师站出来分析，说钱某人为什么喜欢蓝色，因为国民党的旗子是青天白日，他不喜欢红色，因为他仇恨五星红旗。你看他多反动，是个死心塌地的国民党反动派的孝子贤孙。这位美术老师还从专业的角度给我加上一条罪名，说蓝色是冷色，红色是热色。这暴露了他内心的阴冷，他对人民冷酷，对共和国没有感情。这些话今天听起来可能觉得好笑，但在当时却形成了巨大的压力。

我经常关注千姿百态的建筑物在蓝天、白云、阳光映照下所显示的线条、轮廓、色彩等形式的美

连续拍摄了好几张"风筝飘浮于晴空中"的照片，意在表达我内心的"蓝色"感，那么一种透亮的、饱满的，仿佛要溢出的，让你沉醉、刻骨铭心的"蓝"！

钱理群的另一面

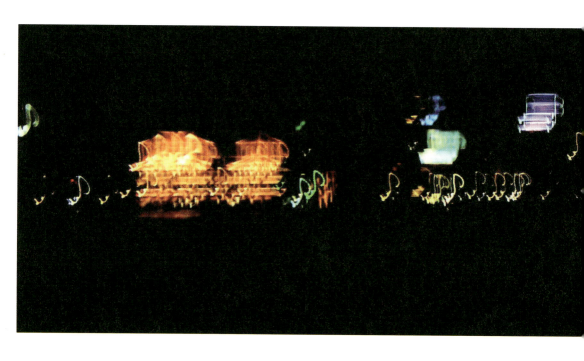

钱理群的另一面

这是我故意拍虚的，是色彩吸引了我。

我很喜欢蓝天、白云、树的组合。

　　"人在自然中"，真正地"脚踏大地，仰望星空"，这本身就是一个最基本、最重要、最理想的生存方式，同时也是最基本、最重要、最理想的教育方式。

钱理群的另一面

在高速行驶的车上，与其说是看景，不如说是赏色。

钱理群的另一面

钱理群的另一面

去阿拉斯加，我是拿着杰克·伦敦的小说去的，书中涉及的地方我差不多都去了，但是我发现这些地方已经与他笔下的情形相去甚远了。庆幸的是，这些地方的神留在了书里。在轮船上我读杰克·伦敦，发现一个外国老头儿也在读他。伴随着阅读的旅游有更大的文化性，而我一般情况是另一种旅游——发挥直觉的旅游。它们各有各的价值。

在阿拉斯加我有一种矛盾感，一方面，这些地方因为杰克·伦敦的书而变得厚重了，更有意味了。另一方面，现实全变了，异化了。好在大自然还在，杰克·伦敦到过的那山那水还在。

钱理群的另一面

晨六时即起，去湖边散步。看直立于晨曦中的独
木，静卧在波光里的圆石，竟有一种莫名的感动，
心也变得分外地柔和。

钱理群的另一面

用一天时间将在香山植物园拍的照片与上海、南京之行的照片整理出来，分别命名为"京郊寻春"与"金陵踏青"。色彩极为艳丽，内在情感极为饱满，真正是"情意绵绵，春意盎然"，将我内心深处对于美和爱的追求表现得淋漓尽致。这是在我的文字里，包括最近一段写的文章里绝对见不到的。因为整理这些照片，我的心里也充满阳光和色彩，这一段内心的阴霾为之一扫。

那时候我还是小学四年级的学生，从哥哥的书里，读到一个叫"鲁迅"的人写的。在似懂非懂中，一段文字引起了我的注意：枫树"也并非全树通红，最多的是浅绛。有几片则在绯红地上，还有几团浓绿。一片独有一点蛀孔，镶着乌黑的花边，在红的、黄的、绿的斑驳中，明眸似的向人凝视"。我当然读不懂它的意思。在我的感觉里只是一团颜色：红的、黄的、绿的色彩中突然跳出一双乌黑的眼睛，在看着我。当时本能地感到这非常美，又非常奇，还特别怪——这样一种莫名的感觉，就在一瞬间留在自己的心上了。以后，长大了，从中学到大学到研究生，不知道读了多少遍鲁迅著作，对鲁迅的理解也有很多变化，但总是能够从鲁迅的作品背后，看见这双藏在斑斓色彩中的黑眼睛，直逼你的心坎，让你迷恋，神往，又让你悚然而思——这就是鲁迅著作给我的第一印象。

钱理群的另一面

我的身影和突然发现的小红花、小白花融为了一体。

钱理群的另一面

南瓜与牵牛花

在我看来，旅游中对异国风土人情的了解，都是极其有限，走马观花的；真正让你享受的，除饮食之美外，主要就是各地风景的色彩之美，所谓"赏心悦目"就是旅游的真正意义所在。所以我在旅游中，最在意的是与大自然的接触，色彩的捕捉，当然也因此提升了对人自身的认识。

钱理群的另一面

公园里集中了各种奇花异木，色彩之艳丽多彩令人瞠目结舌，更是只能用摄影来表现了。美妙的心灵感应的瞬间简直应接不暇。这样的生命陶醉持续了几个小时，终于在饭桌上呼呼入睡。在梦乡里，却是什么都没有，整个生命又沉没于黑暗中，这是"充满了光明的黑暗"，实在是太美妙了。

钱理群的另一面

钱理群的另一面

我赞同这样的观点：要用另外一种眼光看待我们身边的山、水、石头和草木。它们都是"有灵有性，有感情，有能力，有变化"且"多姿多彩"的。也就是说，山性、水性、火性、草性……都是和人性相通的；因此，在大自然中，万物就像一家人一样。人对自然要有兄弟情怀，要有敬重之心，要有感恩、回报；顺应自然，爱护自然，保护自然之外，还要赞美、欣赏自然。这样才能达到人和自然的和谐共融，最后达到"天、地、人合一"的境界。

我九岁时写下过这样的文字，还刊载于民国三十七年九月二十五日《中央日报》"儿童周刊"：

假如我生了两只翅膀，一定要飞到喜马拉雅山的最高峰，去眺望全世界的美景！那带子般的河流，世界上最长的长城，北平各种的古迹，和古代的建筑，烦嚣的上海，风景幽雅的青岛，那时我是多么快乐啊。

假如我生了两只翅膀，一定要飞到空中去和小鸟、蝴蝶舞蹈，和白云赛跑。数一数天空中亮晶晶的星儿，去拜访月宫中寂寞的嫦娥，和白雪般的玉兔玩耍。可惜我没有翅膀，假如有了翅膀，是多么有趣啊。

天、地、人，人立在天地之间。还是以个体的人为中心的。

我来加拿大之后，最深的感受是空气的纯净造成的天空的澄明，以及飘浮于上的云彩的多姿多变。我照的许多照片其实都是以天空与云彩为主角的。各种建筑物反而是陪衬——更准确地说，应该是相互映衬。四百年前的古建筑显示历史的恒定，给人以沉稳感；现在因有了变幻的浮云与光线，就产生了飘动感。一静一动，一重一轻，就有了一种艺术的张力。

摄影，将我与自然有趣的相遇记录下来。

钱理群的另一面

植物姿态常常能够让我联想到人的姿态、心态。

通过相机自由地观看，时常会有意想不到的惊喜。

玩命地读书，尽兴地玩
——1996 年在北大的一次演讲

我们不但要认真读书，想做大事业，而且还要玩（学生大笑）。该读书的时候，就玩儿命地读，该玩的时候，就尽兴地玩（鼓掌）。"玩儿命"和"尽兴"就是要把自己的整个生命都投进去（鼓掌）。惭愧得很，我们这一代人就是只会读书不会玩（笑）。我个人更是惨，从小就只知道读书，以至小时候没有跳过绳（活跃），没有滚过铁环，这都是到了中学，在体育课上补学的（笑）。今天渐渐老了，该休息休息了，却发现自己不会玩（大笑）！同学们觉得好笑，但我觉得悲哀：这是一个时代的人性的扭曲。鲁迅、周作人就是从人性、民族性的健全发展的角度来谈论"玩""轻松"这类问题的。鲁迅主张，人的生活是应该有"余裕"的。就是说，生活至少应该有余闲、轻松、从容、充裕这一面，不能一味紧张，忙乱，填得太满，不留余地。鲁迅说，"在这样的'不留余地'空气的围绕里，人们的精神大概要被挤小的"，"人们到了失去余裕心，或不自觉地满抱了不留余地心时，这民族的将来恐怕就可虑"。周作人则说，"我们于日用必需的东西以外，必须还有一点无用的游戏与享乐，生活才觉得有意思。

我们看夕阳，看花，听雨，闻香，喝不求解渴的酒，吃不求饱的点心，都是生活上必要的"（笑）。这同样是一个提高我们的生活质量与精神境界的问题。——当然，我们玩的时候，也不必想这么多，玩就是玩嘛（笑）。因此，关于玩，我就不多说了，反正同学们都比我会玩。

不过我也可以谈谈我的玩法（活跃），就是多接触大自然。但不一定要到旅游胜地去，大自然是要靠你的眼，你的心，去发现的。路边的一株小草，星空下一棵树的影子，黎明时分渐亮渐亮的天空，你默默相对，就会悟出文学、哲学的真谛。

我们北大得天独厚有未名湖（活跃）。我看过春天的、夏天的、秋天的、冬天的未名湖，看过雾中、雪中、风沙中的未名湖，看过黎明、清晨、早上、正午、下午、傍晚、夜晚、子夜时分的未名湖，看了几十年，那真是千姿百态、万种风情，看不够，品不尽的。未名湖是我们北大人审美情趣的源泉（大鼓掌）。

夏末秋初

钱理群的另一面

钱理群的另一面

钱理群的另一面

荆棘的篱笆将我与翠绿的生命隔离开来，这种感受很有意味。

我直到今天住进养老院，也还努力保持这样的习惯：每天早上散步，都以"重新看一切"的好奇心，观察庭院里的一草一木一水一石，并且都有新的发现，散步回来，就有一种"新生"的感觉。

院子里的同一个地方，我一年四季不断地拍，这样我就有活在自然中的感觉了。

"风景"，不是风景区才有，关键是有没有发现风景的眼睛，而平凡中的风景往往更有意思。自然是要人去发现的。

钱理群的另一面

雪中的桌椅

雪后初晴

雪后的社区

社区的大门

我没把龙当作中国文化的图腾来看，所以我不讨厌它。这张照片打动我的就是形式美，尤其是水中的倒影很有意思。

中国是世界唯一的古老文明没有断代的国家，这也涉及了中国的"超稳定结构"——旧王朝跨掉了，新的王朝上来了，但还是重复的旧王朝的东西。我认为还有第二个超稳定结构——其他的国家都倒了，都变了，唯独中国不但没倒，还发展了，还成了世界第二大经济体。这是很值得研究的现象。

钱理群的另一面

这是一种直觉，它很好看，有虚幻感。

钱理群的另一面

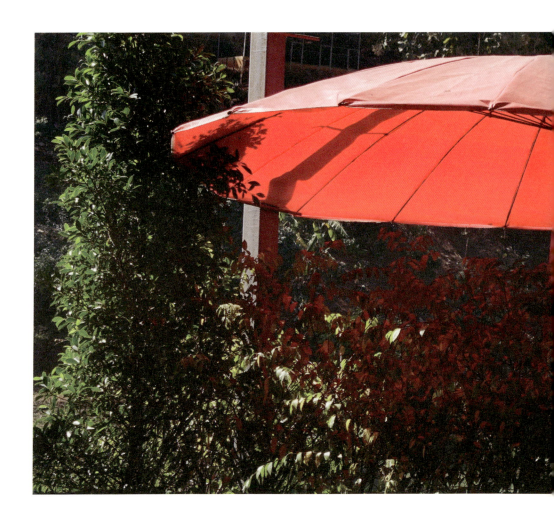

钱理群的另一面

大红伞

这个鸟巢让我想到了家。可能是教育使我过于社会化了，导致我的家庭观念不强，退休以后，我要回到家庭，它是我最后的归宿。家，有温馨感，但对人也有束缚，还会形成"爱的压迫"。

钱理群的另一面

钱理群的另一面

独自读书中，突然发现（或感觉到）"寂静"。它无声，却
并非停滞，在无声中有生命的流动：树叶在微风中伸展，花
蕊在吸取阳光，草丛间飞虫在舞动，更有人的思想的跳跃、
飞翔。这就构成了"寂静之美"。

钱理群的另一面

山中的这棵死树吸引了我。

这种构成有些奇怪感。

时间让吴哥窟的树与建筑形成了奇妙的关系。王宫是死的，树是活的。

钱理群的另一面

"由来美景待文心"，旅行的目的即在"跟自然山水为邻，与前代先贤共语"。对于一个诗人而言，观看风景最简明的方式还是借鉴前辈诗人的智慧。当旅游者为眼前的风景所动，不知如何评价的时候，就常常通过联想，把眼前景纳入前人所描述的图景中。他笔下的风景，其实就是自然景象与文心所唤起的文化记忆与文学想象的结合，既反射展现在自己眼前的风景，同时也修改了风景。这样的"山水文人化"，所发现与表现的"风景"也就有了文化的意味与历史的积淀，显示出深厚的人文底蕴，同时也赋予了风景以意义。另一类"风景的发现"，就没有那么多的文化意味，更多地保留了在面对自然时的直觉与感悟，或许是更本色状态下的自然。即所谓"初始的感观""瞬间顿悟"这是两个生命（自然的生命与自我生命）在排除了一切外在干预以后，直接面对面的相晤，就是李白诗中

所描述的"相看两不厌，只有敬亭山"。但又是有距离的，这就是美学家朱光潜所说的，"旅行家到一个地方总觉得它美，就因为没有和他的实际生活发生多少关联，对于它还有一种距离"。这是心与心的交融，又有诸多层次：先是外在的感官的感应（"水是醉心绿，天真逼眼蓝"），同时因醉心而进入内在生命：先是山与水的互融（"水是山之神，山是水之仙"），然后是山、水和我的交融（"山水入我心，我在山水中"），最后就达到了浑然的梦的境界（"山水如梦幻，我在白云边"）。这就是"山水之乐，在与自然相亲，对语，于兹参悟真元化境，此人生之大乐也"。最重要的是"归本心"三个字：先要有心的解放，方能以心观景、契景，最后还要回归本心，达到景与心的融合与升华。这其实就是"旅游——发现风景"的真意所在。

看着远处喜马拉雅山的雪峰，我想，旅游是什么？是到自然兄弟中去寻找自己已经消失了的童年，去发现和发掘潜在的，或被掩盖、漠视的自我生命的种子，去吸取可以作为未来发展的滋养的生命元素，是去追求人与自然的净化与升华。

钱理群的另一面

在直升机上看到的云雾山峦。

这是我对旅游的理解：无非是"走亲戚"，也是"对话"，人与自然两个平等生命的对话。

我由此获得了一种新的旅游方式：不仅用眼，更用心去感悟、发现，熟悉和理解一个陌生的朋友，和他窃窃私语——无论在什么时候：黎明、黄昏与黑夜；无论什么地方：天底，星空下，悬崖边，小路旁。

不仅是陌生朋友——也是熟悉的。

不仅是朋友——也是自己，自己的一部分。

是"我"中有"他"，"他"中有"我"。神农架里有我过去、现在和未来的生命。发现神农架，就是发现我自己。开发神农架，也是一种自我开发。

钱理群的另一面

笔立于夜晚的山顶，上面是黑沉沉的天空，下面是黑沉沉的群山，中间是我，再没有，也感觉不到别的，简单极了，也纯透了，只听见彼此（天、地、我）的呼吸，却无言，也无思，什么都凝定了……

而在山洞里的那个瞬间，却无法述说。深处，很深很深处，有燕翅的鼓动，有流水的凉意。然后是消失，一切一切的消失，唯有黑暗，黑暗……

后来，我读流传于神农架的《黑暗传》，仿佛听见歌师苍凉的声响："先天只有气一团，黑里古洞漫无边。有位老祖名黑暗，无影无踪无脸面。那时没有天和地，那时不分高和低，那时没有日月星，人和万物不见形。汪洋大海水一片，到处都是黑沉沉……"莫名的感动袭上心头：这灵魂的相互战栗难遇不可求，我寻得了。

人和自然是互相发现的，自然丰富了人，人也丰富了自然。摄影中、文学中的自然，实际上比那个原本的自然更丰富。

你走进神农架，你走出神农架，你变了——变得更加丰富，更加深厚，更加纯正，也更有生机。神农架也因为你，因为我，因为他，因每一个旅游者而变：也变得更丰富，同时更亲切，更有活力。

你离开了神农架，又投身于现代生活的喧嚣中。但在不经意之中，"神农架"会像老朋友般悄悄造访，给你带来丝丝温馨。

他其实已经在你的生命的深处播下种子，并且终要发芽，长大，就像那天你在风景垭看见的那株参天大树一样。

钱理群的另一面

钱理群的另一面

钱理群的另一面

鲁迅的《野草》文本中"大笑而且歌唱"的"我"（《题辞》），"伟大如石像"的老女人（《颓败线的颤动》），以及"叛逆的猛士"（《淡淡的血痕中》），"雨的精魂"（《雪》），现在抽象为一个真正意义上的"人"。他"屹立"在"天"和"地"之间。这"天地"是"如此静穆"；这"无边的旷野"，是这样的"阔大"；在"沉默尽绝"之中，唯有天空在"颤动""回旋"，如遭飓风，汹涌奔腾于荒野：这又是怎样磅礴的生命运动。人挺身而立，"天地"在他眼里"变色"，人和自然（雨、雪）的精魂合为一体，"在无边的旷野上，在凛冽的天宇下，闪闪地旋转升腾"……这是一个生命的大境界，是充满了动感与力度的，具有壮阔的美的文学大世界。虽不能至，也要心向往之。

冰川

钱理群的另一面

冰川局部

钱理群的另一面

湖中的一块冰

钱理群的另一面

湖面

我始终是一个观看者，对于动物也是这样。我喜欢动物，但不会去养动物。我喜欢动物，但是不能整天和它们混在一起，不能整天围着它转，这样又会干扰到我的自由与独立。我是个极端的个人主义者。从另一个角度说，这也是我的弱点。

钱理群的另一面

这是人与动物的相遇。我书桌上放了一个兔子和一个熊猫的玩具。我属兔，熊猫是我的化身。这是动物也被我自我化了。

127
钱理群的另一面

贵州村边小河里的乌龟

青海湖的鸟

加拿大湖中行走的小狗。

钱理群的另一面

钱理群的另一面

钱理群的另一面

儿童与自然是最接近的。我见到小孩儿就兴奋，但这也有点"理论上的兴奋"，因为我是带不了小孩儿的，只能看看他们。曾在南京公园偶遇一帮小孩儿，我就挤进去跟他们照合影，他们也不认识我。

画面的中心是那只小小兔子，在那里"跳跃"着；周围是一群小孩子一边看，一边也跳着。而我们还可以想象，在画面外，小小兔子的父母小兔子也在看。既骄傲：孩子被欣赏，父母是最高兴的；又有几分担心：这些"人"会不会欺负、伤害自己的孩子呢？我们还可以想象一下：在后面看着这一切的，还有谁？对了，还有鲁迅在看！他以欣赏的眼光默默地看小小兔子，看小孩子如何看小小兔子，想象小小兔子的父母如何看他们的孩子！这几层"看"，看来看去，鲁迅的心柔软了，发热了。

可以说，一触及这些幼雏，鲁迅的笔端就会流泻出无尽的柔情和暖意。而我们每一个读者，也被深深地感动了。

——读鲁迅的《兔和猫》有感

全家同游大海。但见两个孩子共筑一泥城堡，当潮水涌来，即筑沟守卫，但终被淹没，遂大喊大叫。无论城之建造，与城之毁灭，均在欢乐中进行，与成年人心态迥异：后者往往自作多情。

晚饭后又见孩子匍匐于沙地中，忽悟小儿与水、土之天然亲和，十分感动。

钱理群的另一面

练习冲浪的加拿大孩子

钱理群的另一面

钱理群的另一面

印度的孩子的笑脸

钱理群的另一面

泰国小和尚

吃饭前播放刚从社区图书馆借来的 CD 片《彼得与狼》交响乐，小杰闻声而起，应着音乐的节拍，随意做各种舞蹈动作。这是我第一次看见儿童的即兴表演，乘兴而舞，又乘兴而止，一切出于自然，让人感动。以至自己也跃跃然欲与小杰共舞，但筋骨已硬化，欲而不能动，惜哉，惜哉！

我对"脸"有着特殊的关照。尤其比较喜欢拍普通人的脸、儿童的脸、世界各国人的脸以及中外寺庙神像的脸，而且喜欢用大特写景别。这是"我"和"人""神"的瞬间妙遇、灵性交流，是"真人"的显现。

印度给我最强烈的印象，就是脸。印度人特别漂亮。
通过印度人的脸，我看出他们的古代与现代是融合的。

印度的底层人，很少给人以猥琐、卑贱的感觉。

泰国船工

南京夫子庙的车夫

这是在意大利佛罗伦萨街头抓拍的一个瞬间。大家在看小丑表演，观众每个人的表情都是个性化的，大家合在一起又很自然和谐。这是西方文化最吸引我之处。

钱理群的另一面

钱理群的另一面

钱理群的另一面

遮藏起来的人脸

真的，西藏对于我，有一种生命的蛊惑。

写到这里，一件隐藏在记忆深处的往事，突然浮现出来：1948年《中央日报·儿童周刊》曾经发表过我的一篇作文，那时我正在中央大学附属小学四年级读书，大概是老师推荐的，却是我第一次公开发表的文章，一开头就说："假如我生了两只翅膀，一定要飞到喜马拉雅山的最高峰上，去眺望全世界的美景！"难道正是这9岁时的梦想，驱使我66岁时一定要踏上这块土地？这冥冥之中的呼应，在自己的生命历程上是多么神妙的一笔！

而西藏对我的蛊惑又不止于"还梦"。我突然又想起了来西藏前一天为我的第二本《退思录》所拟的书名：《那里有一方心灵的净土》，心为之一震：西藏不就是这样的"净土"吗？昨天在羊卓雍措湖所发现的纯净透明的蓝色又呈现在眼前，是的，西藏正是我一直追寻的大自然的净土！是全球污染以后仅有的少数净土！

我去西藏特意要赶在西藏通火车之前，我认为通了车以后，西藏的自然很可能就不是原来的那个自然了。这也是没办法的，社会终归要发展，但从人与自然关系的角度，我是要寻找那个不受污染的、更加原始的自然，所以西藏给我最大的感受就是纯净和神圣。

由于高原气候反应，一上车就沉沉地睡，对周围的一切，什么感觉都没有，好像坠入一个黑洞，坠下去，坠下去……老伴突地碰我一下，示意我看窗外的风景。我睁开眼，好像有一团蓝色掠过，总算有了点色彩的感觉，但很快又沉了下去……直到羊卓雍措（藏语意为"天鹅池"）的"蓝色"才把我完全震醒：无论是天色之蓝，还是水色之蓝，竟是如此之纯净！它超出了我在全国和世界旅游时对各种蓝色的感受与体验，以至想象：原来还可以这样"蓝法"！这时候，我突然有了一种欲望，甚至有了力气，去寻找新的发现。于是又发现了"黄色"——又是纯净的、透明的"黄"！还发现了蓝、黄之间的黑色、白色的牦牛群！我陷入对色彩的沉醉之中，又忘记了一切……

钱理群的另一面

我将西藏之行称为"朝圣者之旅"。"净土"必在高处，深处，非有虔诚者的苦心苦力的追寻而不可见。因此，景致被称为"圣湖""圣泉""神木"，人（旅行者）其实都是"朝圣者"。我们一路看见这些朝圣者从千里万里之外三步一叩首地前往拉萨大昭寺圣地，祈求降福，坚守着心灵的净土。在某种意义上，我们自己也是人生道路上的旅行者与朝圣者，我们拜倒在神奇的大自然面前，同时追寻着自己心灵的净土。

这里有一种宗教精神，是类似宗教的生命体验和生存境界，这或许就是我所要追求的，尽管我仍然坚持我的无神论立场，不愿成为宗教信徒。但宗教文化、宗教精神却对我有一种诱惑力。这样，西藏之行，或许就有了一种特殊的意义。在退休以后，我一直在寻根；现在"那里有一方心灵的净土"命题的提出，就多少进入了宗教的境界。西藏之行实际上就是一次心灵的净化，或许会照亮我晚年的生命历程，是一次生命的提升。

我所走过的地方，印象最深的是两个地方，一个是埃及，一个是西藏。西藏打动我的是那种神圣感，那种宗教气氛。

在西藏我也没有拒绝"摸顶"，虽然我不信这些，但还是顺其自然地接受了，因为那种气氛会感染你。

钱理群的另一面

宗教有两个作用，它使人有所爱和有所怕。缺乏宗教精神，简单地讲就是缺乏"爱和怕"。既不爱，也不怕，于是就会丧失底线。其实做坏事也是要有底线的，就是不能做伤天害理之事，不能危害别人的生命。我对当下中国人追求宗教信仰是支持的，起码是理解的、同情的。我在研究鲁迅时感觉到，鲁迅也解决不了宗教信仰问题。鲁迅能够达到高度的个人独立，不是源于宗教信仰，而是源于他超人的强大的个人意志，所以他喜欢尼采不是偶然的。我们不能成为鲁迅，因为我们没有那种尼采式的超人的个人意志。超人的意志是一种天才，我们没有这样的天才，这是没法学的。在鲁迅那里，一切事物都有他自己的标准，任何一件事情到他那儿，他的看法都和别人不一样，而且是很自然的，不是刻意的标新立异，这需要有强大的个人意志力作为基础。

鲁迅的特点还与他出生在浙东有关，那里后来是中国传统文化的汇集之地，而且主要继承了魏晋文化传统，而魏晋文化佛、道、儒合流的特点比较明显，而且是一个高峰。鲁迅在日本，主要的不是了解日本文化，而是通过日本了解世界。日本的特点是比较善于吸收别人的文化。周作人比较重视古希腊的文化，鲁迅则比较重视德国文化、欧洲文化。这样的经历，有助于鲁迅在当时一下子就站在了人类文化的高峰。

钱理群的另一面

信神，就是人们对于纯净、崇高的向往。人是动物的人，也是理性的人、有信仰的人、有追求纯粹及崇高欲望的人。我最近讲"当代中国的四大国民性"，其中就包含了一点——当人丧失了精神信仰的追求，就变成了一个本能的人，而人的本能就是"趋利避害"。当今大多数中国人的生活准则，就是趋利避害，这一点还形成了个人崇拜的土壤。其逻辑就是，你听我的，就有好处，就有利；你如果不表示拥护，就可能招致危害。于是，很多人被收编。

钱理群的另一面

钱理群的另一面

一般人在佛像的"注视"下是很难干坏事的。

我开玩笑说，我有四个守护神——鲁迅、弥勒佛、钟馗、关公。

钱理群的另一面

钱理群的另一面

泰国、柬埔寨佛教寺庙之游，最注意的，自然是无所不在的佛像。遂发现佛之相有两个特点。一是许多佛相都会让你想到在当地街市上遇到过的面孔，也就是它有世俗的一面，因此才神态各异；但另一方面，佛相又不同于世俗面孔，自有神圣之光彩，实际上是人的内在人性中的神性的一种升华。这就意味着，所谓"佛相"就是世俗相与神相的统一，人性中的平凡性与神性的统一。在这个意义上，可以说拜佛实际上是人对自身为日常世俗生活所遮蔽的内在神性的一种膜拜。因此，拜佛的过程，也就是人性的扬善抑恶的过程：在寺庙里，人不会做恶事，只会发善心。这是人假助于想象中的神的力量来自我完善的过程，是人性的一种升华。

钱理群的另一面

金佛的色彩，金黄之外，更有蓝色与绿色，自有斑斓之美。

卧佛长 46 米，高 3 米，足长 5 米。虽然安详地躺在那里，却有一种气势，人称"卧狮"是有道理的。

而银庙的素与静，与双龙寺的金碧辉煌、人群涌动，形成鲜明对比。

在泰国佛教音乐伴奏下，我们在银白色的庙宇间，从容走动，拍照，十分惬意，自然产生不少精美的艺术作品。

钱理群的另一面

大皇宫的建筑集辉煌与淡雅于一身，可以说是泰国宫殿建筑之集大成，色彩也是金黄与蓝白相间。

到了教堂，我也有意忽略它的文化、宗教、历史背景，而是直接体味教堂建筑，尤其是体味教堂内的宗教氛围及我的宗教感觉。我到任何地方大都是不记地名，不记相关的文化知识。

钱理群的另一面

钱理群的另一面

我既对那个外在的神有警惕，对圣徒也有警惕。

圣徒有他的意义，但你也不能搞绝对化、极端化、唯一化。

人是不能都成为圣徒的。人也不能走向信仰反面的极端，就是什么都不信，变成了虚无主义者。还有一种就是假信，变成了一种表演。

信仰起码应该是真诚的，是发自于内心的。有很好的信仰追求的人，终归是少数，不能要求所有的人都这样。

我不信具体的教，但对宗教文化一直是向往的。有的人认为我很适合信基督教，行为举止很像个基督徒，就向我传教。后来我跟他们解释为什么信不了具体的宗教，有两条我过不了。一条跟我的经验有关系。我觉得不管是新教旧教都说"上帝在我心中"。我认为上帝是个"异物"，他是客观的，如果他在我心中，可能会对我产生一种压迫感。我觉得，任何一个强大的异己的东西，都可能会对个体产生强大的压迫、压抑，我不愿意接受这种压迫、压抑。而在我的经验中，我是受过这种压迫、压抑的，所以我后来对这个很敏感，很警惕，也很拒绝。我不仅对外界警惕，也是对自己的一种警惕。另一条是，我对天使等这种东西有一种天生的怀疑，而且越表现出忠诚的人或事，我越怀疑；越让我忠诚的，我就越怀疑。怀疑它们是假的。这可能是一些中国人的一种特殊的经验。我好不容易跳出来，还要再进去，不管是什么，我都不接受。

钱理群的另一面

钱理群的另一面

我在卡纳克神庙所受到的震撼，某种程度上是超过面对狮身人面像时的感受的。如此巨大的、众多的石柱、雕塑，聚集在一起，真可谓"气势磅礴"。从每一个角度看，都是不凡的。我在其中转圈，不停地拍照，每一个瞬间，都给你以惊喜，感受到连续不断、应接不暇的生命的旋律的颤动，这真是少有的美的体验。埃及的"永恒之旅"，正是在这里达到了高潮。

当我们登上沙漠中的一个山丘，看茫茫无际的沙漠，仍感到惊喜与震撼，大家一起情不自禁地高喊起来："我——来——了！我——来——了！！"真是畅快极了！！！这样的生命的酣畅状态，正是我一直追求的。如果说前几天参观金字塔和神庙更多地感受到历史生命的庄严与沉重，那么内在的生命力到了沙漠里才得到一次难得的释放。

钱理群的另一面

早上去参观神庙的途中，进入视野的，是另一种景观：骑着毛驴的老人，刚刚起身的男人，在河边洗衣的女人，更多的还是上学路上的孩子。于是，就有了一个瞬间：一个女孩在前面走，一个小男孩追着喊，小女孩猛一回头，她那灿烂的微笑，正对着我的镜头，我竟然呆住了，没有来得及反应，汽车已经开过去了。一路上我都为未能拍下这瞬间而后悔不迭，同时又突有醒悟：这些景观，在地球上任何地方，人类历史上任何时代，都会出现，这是大地上普通百姓的日常生活，它是超越时代，超稳定的，是人类的一种"永恒的存在"。

于是，我在埃及发现了两个永恒：一个是金字塔、狮身人面像、神庙所代表、象征的人类历史与文明的永恒，另一个就是生活在大地上的普通老百姓日常生活的永恒。

其实，这些天一直注意到的"世界旅游者"的单纯与友好的人的本性的自然流露，也是一种永恒。人在与远古相遇时，仿佛也回到自己的人生童年，彼此在微笑、点头之间有着说不出的亲切感，真是置身在"人类共同感"。我曾经说过，在大自然面前，大家都成了婴儿；现在可以说，在远古历史面前，人也同样成了婴儿。而人经过大自然和历史的洗礼，就会恢复自己的天性。

在发现了这样的三个永恒以后，就可以把这次埃及旅游命名为"永恒之旅"。

面对狮身人面像，确实大为震撼。我围绕其身从各个角度仰望，拍摄，尽管其"人面"已经斑驳，但仍有一种说不出的神秘美。不由自主地想和她对话而又说不出口。但是小鸟毫不胆怯，而又自然地栖立于她的耳间与鼻尖。这样巨大的狮身人面与如此娇小的飞鸟之间的随意相处，自有说不出的动人之处。

到意大利第一天，主人将我带到一个古城堡。我立刻注意到，古城堡墙上画满了各种现代绘画，都是近几年青年画家绘制的，却一点也不给人以不伦不类之感。古建筑与现代绘画之间，传统与现代之间，反而达到一种和谐。这里的游人极少。沉寂的古城堡给人一种神秘之感，却又偶尔有几个长得十分健壮的意大利少年大喊大叫着踢着足球穿越其间，二者的反差与和谐给人一种说不出的感觉——这大概是意大利给我的"第一感觉"吧。

在主人花园里的白色躺椅上闭目养神，突然有一种奇异的感觉：左边耳朵听见一声声清幽的鸟鸣，而右边耳朵里却传来汽车呼啸而过的声音。而在我的感觉中，却并没有所谓"市声"与"乡音"的对立，相反，这二者之间又形成了一种并行不悖的和谐，这大概是我昨天感觉的一个继续吧。

住在广场旅馆，印象最深的是自然世界聚集在广场上的年青的"流浪者"——真正的"（旅）行人"。每个人都脚穿希腊式的皮革鞋——周作人所说的人类三大最自然、自由的鞋之一，身背巨大的行李袋，穿着极其随便，神态又极其自信与洒脱。据说他们都是大学生，坐着最便宜的火车（汽车），从一个城市到一个城市，一个国家到一个国家，一路自由地走来走去，玩够了，便就地躺下（他们总带着巨大的睡袋）。这些不同民族、国家的旅行者随意坐在广场四周的台阶上，有的在低低交谈，更多的人却什么也不说，独自坐在那里。并非沉思，而恰恰是无思，这种卸下一切负担，什么也不想的状态也是美的。忽而一群人又拥进了大厅，其实什么事也没有，趣味就在人流中穿行，擦肩而过的那种"味儿"：这里依然存在着"群体"的"人"与"孤独"的"人"之间的反差与和谐。

处于博物馆中心位置的自然是"大卫"的雕像，尽管早就看过复制品及照片，但似乎只有在这里才能感受到"他"的魅力。意大利友人一个劲儿地赞叹着"完美无缺，完美无缺"。我尽管从理论上否认完美无缺的存在，此刻却也只能承认唯有"完美无缺"才能说明这一切：大卫确实集中了人的全部美，首先是形体的，同时也还有内在精神的，这确实是灵与肉、神性与人性的完美结合——一种真正的和谐。而且他的美是通体的：从不同角度去看他，都可以发现美。

意大利到处都是鸽子，它们毫不陌生地在人群中飞来飞去，自由地停留在塑像与人的头上。仿佛在它看来，已经死去、化作历史的雕像的古人，和活着的现代人之间并无区别，都是它的朋友，或者是它可以放心安息的"家"：这本身就非常感人。

意大利之游的最后一天，最有兴趣的自然是罗马古道，因为我又回到了大自然。说实在话，连日参观罗马各种名胜古迹，已经使我感到疲倦。现在来到郊外的绿草地与黄土地中，顿时感到心旷神怡。而且我还冒险爬上了不准通行的古城墙的顶端。陪行的意大利主人感到非常惊奇，她说，我原以为你是一个文静的学者，却不料你是如此不守规矩。我告诉她，我的性格、气质中原有野性的一面，连我做学问都是如此。她听了以后哈哈大笑。说真的，今天是我来罗马以后感

到最为轻松、愉快的一天。我终于明白，即使是罗马所代表的伟大历史对于人依然是一种压抑；而我自己，本质上是一个自然之子。我更期望在自然状态中人性的自由无羁：意大利之行后，还应有一次贵州云游……

美国令我印象深刻的地方是大峡谷和林肯墓。我觉得林肯墓比较能够体现美国文化的特点。林肯墓与埃及的卡纳克神庙相隔久远，却有一种微妙的神似。我想，美国与古埃及，很可能有一些超越时空的精神性的相似之处。

世界历史上的政治家我很佩服华盛顿。他是一个掌握了最高权力时主动退下来的人。学习他，就容易成为历史的正面人物。一个领袖人物真的把大事做好了，很多不好的细节都会被历史淡化的。

钱理群的另一面

1993 年我在中国美术馆看到《思想者》雕像时，有一种很不和谐之感，因为当时中国正是没有思想的时代，却来了个"思想者"。当时我对学生说，我们处于一个没有思想者的时代，但我们要在一个没有思想者的时代做一个思想者。到法国我一定要去看《思想者》原作，因为我自命是属于思想者范畴的人，所以多少有一点去朝圣的意味。当我带着神圣的想象到了罗丹雕塑跟前，却发现了它的另一面，觉得它没有那么大的神圣感，因为我看到了它跟现实生活中的青年是这样的关系。

钱理群的另一面

钱理群的另一面

我比较喜欢从不同角度拍同一对象，当年拍彼得堡的
《青铜骑士》与罗丹的《思想者》都是如此。在我看
来，这都是我与这些人的创造物（建筑物、雕塑作品）
的相遇，心灵所受到的震撼，非得从不同角度拍摄的
一组照片，才能将其淋漓尽致地表达出来，否则就不
够尽兴。——即使摄影，我也追求尽兴。对生命的酣
畅状态的追求，其实是贯穿一切方面的。

在去维也纳的途中，路经一个小湖，附近小镇的田园风光竟引起我的一阵狂喜。我这才明白，真正吸引自己的还是自然之美。在自然风光的映照下，我突然发现全车的旅伴的面孔都显得特别美，脱口而出："最美的还是我们自己，首先是我！"引起满车人畅怀大笑。

钱理群的另一面

在花园里遇见了许多中国人，来自台湾、香港、大陆的都有。于是，就听到了许多华语。按说他乡听乡音是一件极高兴的事，我却有一种陌生感。想来大概是因为来加拿大以后，我为两种声音所包围——英语和广东语，都是我听不懂的。这样，近半个月来，我除了与老伴、儿女用语言（汉语）交谈外，与人的交流（包括两个孩子）都是借助于某个眼神、动作和表情，更多的是与大自然进行无声的对话。我几乎已经适应于这样的近乎原始的交流方式，现在突然置身于熟悉的语言世界中，反倒觉得不习惯了——这也是一种独特的生命体验吧。

这里不仅有我在贵州生活十八年的生活的记忆，还有对自己的贵州经验的总结，从中可以看出贵州这块土地对一个人文学者的培育和影响。概括起来，就是：贵州的真山真水养育了我的赤子之心；和贵州真人的交往，培育了我的堂吉诃德气；"文化大革命"中的摸爬滚打，练就了我的现实关怀、民间情怀、底层眼光；十八年的沉潜读书，更是奠定了我的治学根基与底气。

安顺友人本良先生有这样的诗句："黔山深处最清幽"，这是感悟安顺山水的一个独特视点。他的《初游龙宫》，最注目的就是其"窍罅幽长通水府"的幽深，"澄澈如斯未污染，濯缨洗耳任由君"的清纯。本良笔下的安顺山水，更有"万千气象叹奇雄"的一面：举世闻名的黄果树瀑布带来的就是"倏尔千寻来绝顶，訇然万丈下深潭"的生命的酣畅感，"裂石崩崖下九陔，挟云裹雾进山隈"的心灵的震撼。这安顺山水的"清幽"与"奇雄"两极，是对安顺文化及安顺人的一种发现，也可以说是安顺山水客体对安顺人主体性情的浸润，其魅力就在主客体的交融，相互养成。

在我的生命的深处，一直保留着"如何发现贵州大自然的美"的记忆：清晨，我常常登上学校对面的山，去迎接黎明第一线曙光，一面吟诗，一面画画。为了体验山区月夜的美感，我半夜起床，跑到附近的水库，让月光下的山影、水波，一起泻在我的画纸上。下雨了，我冲出去，就着雨滴，涂抹色彩，竟然成了一幅幅水墨画。当然，我还真的写诗，有的就题在我的画上，有的写在彩色的本子上，称为"蓝色的诗""红色的诗""绿色的诗"等等。可惜这些画和诗在"文化大革命"中已付之一炬，但看过的朋友都说有种童趣，那其实就是我努力保存的赤子之心的外化。可以说，是贵州的真山真水养育了我的赤子之心。

这个小水库的对面，就是我当年任教的安顺师范学校。

钱理群的另一面

我所遇到的"贵州真人"当属戴明贤（著名作家、书法家）和袁本良（语言学家，贵州大学教授）先生。朋友形容明贤先生是"恂恂醇儒"，本良则自有仙骨，而我的外貌颇似弥勒，因此戏称我们一起出游是"儒释道三人行"。我是凑数的，他们二位确实是古风犹存，而且存在于贵州深山里，这本身就很有意思。我们是差异型，而非趋同型的挚友，但恰恰最为相知相亲，可以说是相互倾慕与欣赏。人的内心世界比人们想象的要复杂、丰富得多，充满着各种对立矛盾、相反相成的因素；但主客观的种种原因，却使人们只能将多种因素、多种可能性的某些方面得以发展，形成人们看到的此人某种生命、性格形态。但只有他自己心里清楚，内心的另外一些因素、可能性实际是被压抑的，未能发挥的，这就形成了某种遗憾。而且因为是片面的发展，就必然有许多缺陷。对一个追求生命的全面释放、发展的人来说，他对自己已成的生命形态和性格，必然是不满的，而渴求某种突破。在这样的不满与遗憾中，一旦遇到将自己未能发展的"另一面"充分发展、发挥的另外一个人，就必然要把他看作是"另一个自己"，而且是渴望而不可得的"自己"，其若获知音、钦慕不已、倾心相待之情，是可以想见和理解的。我对明贤、本良就是这样一份特殊的情缘：我的内心深处，渴望明贤、本良那样的平和、淡泊、宁静、潇洒、从容，我极其羡慕他们那样自由读书，随意行走，任情挥笔泼墨的闲适的生活方式。我知道那也是属于我的；但由于另一方面发展的欲望过于强烈，而不得不有所舍弃，只有从与明贤、本良这样的友人的交往中得到某种补偿和满足。这里有一个更深层面的问题：人应该怎样发展自己的性格和生命，是单方向、单面的发展，还是在相反相成中求得多面发展？前者是一种现实的发展形态，后者却是理想的发展模式。我们不能不面对现实，但又不愿完全放弃理想，就只有用择友、交友的方式来作某种弥补。这样，朋友之间的关系，就超越了一般所说的"友谊"，而都成为对方生命的有机组成部分，做到"你中有我，我中有你"了。

钱理群的另一面

在某种意义上，我是一个"精神的人"。我过于不关心世俗生活，不关心他人，家务我也什么都不会做，也没有兴趣去做，单位、学术界所有的人事纠葛我都不知道，能够吸引我的，我愿意全身心投入的，唯有精神问题。跟我交往的人，也大都是精神性的交往，对方也是出于精神需要。用老伴的话来说，我整天生活在云里雾里。自己日思夜想的，和别人交往中谈的都是思想、文化、政治、历史、学术。即使我的旅游，我与大自然的接触，也都偏重于精神的层面。这固然有特点，甚至与众不同，但从我自己最关心、看重的人性发展来说，显然属于鲁迅所说的"人性的偏至"。而对世俗生活的陌生，不懂，甚至无兴趣，也造成了和自己最为关注的底层人民（包括贵州的父老乡亲）和青年一代之间的隔膜。我的研究原本很关注社会底层人，但实际上他们的生活我进不去，我和我的研究对象是隔着的。这大概是一个人性、人生的悖论，有一种内在的悲剧性，甚至荒谬性。我明白于此，却不能，也不想纠正，就只能这样有缺憾地活着，一路走下去，直到生命的终点。

过于精神化造成我是一个"没有文化的学者，没有趣味的文人"。这对我的研究有很不好的影响，比如研究鲁迅、周作人，他们的一些方面我就进不去。他们是典型的文人，很有生活趣味。

然而这种极端性也有一些好处，它可以使我集中精力搞研究，也少了许多世俗的烦恼，否则我将无法实现四十年写作两千多万字、共编写出版了四千多万字的工作量。

钱理群的另一面

坐林中长椅上闭目静听鸟鸣，试图用各种拟声词将其记录下来，却不能；遂拍下两张照片，于画面外听鸟音，也是饶有兴味。

老伴带两个孩子来，与他们谈话。我端坐其间，一边是人类的声音，一边是鸟类的鸣叫，有一种奇妙的感觉。

钱理群的另一面

后记

1999 年，我被北大学生选为"十大最受学生欢迎的教师"之一，收到一位学生来信。信的结尾有这样一句："想告诉您，很喜欢您的笑，笑得天真，爽朗，没有机心，灿烂极了。我想，一个可以那样笑的人，绝不会不可爱（请原谅我的童言无忌）。喜欢您，为了您的真诚，为了您的赤子之心。"我读了以后，大为感动。在一篇文章里，这样写道："读了这番肺腑之言，我真有若获知音之感。已经不止一次听见学生说我'可爱'了。坦白地说，在对我的各种评价之中，这是我最喜欢、最珍惜的。我甚至希望将来在我的墓碑上就写这几个字：'这是一个可爱的人'。这正是我终身的最大追求。"而"可爱的人"的内涵，却是大可琢磨的。

它包含了几层意思：一是真诚——但有点傻；二是没有机心——但不懂世故；三是天真——但幼稚；四是有赤子之心——但永远长不大，是个老小孩儿。前者是正面评价，后者则含调侃或批评之意。因此，"可爱的人"也是"可笑的人"。这很容易让我们想起堂吉诃德。一切真正的知识分子都有堂吉诃德气——当然，也还有哈姆雷特气。

要真正说清楚"我"也不容易，连我也说不清自己。"我"远比人们描述中、想象中的"钱理群"要复杂得多。最近，有一位朋友写文章说我的"人"与"文"有不一致之处，这我是知道的。一位韩国朋友第一次见到我时，就露出十分惊异的神情，说，在读钱先生的文章时，我想象你是痛苦的、憔悴的，却不料先生竟是这样的乐观而健壮。其实我的思想也是充满矛盾，而人们总是要按照已经成为我们中国集体无意识的"站队意识"，把我归为"某一类"。这当然是自有根据的，可以举出我的许多言行作为"铁证"。但我自己却很明白，我还有另外一面，被论者有意无意地忽略不计了。这就不免有被误解，以至委屈之感。

比如，说我"激进"，其实在生活实践中，我是相当保守、稳健，有许多妥协的；说我是"思想的战士"，其实我内心是更向往学者的宁静，并更重视自己在学术上的追求的；说我"天真"，其实我是深谙"世故"的；说我"敢说真话"，其实是欲说还止，并如鲁迅所说，时时"骗人"的。人们所写的"我"，有许多是反映了我的某些侧面；但同时也是他们心中的"钱理群"，或者说是希望看到的"钱理群"，有自己主观融入的"钱理群"——恐怕一切言说、研究者与被言说、被研究者的关系都是如此。

最让我醉心，并深刻影响了我的学术与生命的，是林庚先生最后一次讲课中最后一句话："诗的本质就是发现；诗人要永远像婴儿一样，睁大了好奇的眼睛，去看周围的世界，去发现世界的新的美。"此语一出，所有的学生都顿有所悟，全都陷入了沉思。而先生一回到家里就病倒了。这是林庚先生的"天鹅绝唱"。以后，我几乎每一次向研究生、大学生、中学生讲课，都要如此反复申说："这里的关键词是'好奇'和'发现'。人必须时时把自己处于'未知状态'，才会产生无穷无尽的好奇心；而这样的好奇心正是一切创造性的思想、学习、研究、劳动的原动力。'发现'则包含了文学艺术、学术研究、教育与学习，以至人生的秘密与真谛。""如果你每天都这样像婴儿一样，重新看一切，你就会有古人说的'苟日新，日日新，又日新'的感觉，也就是进入了生命的新生状态。长期保持下去，也就有了一颗人们所说的赤子之心。"

我直到今天住进养老院，也还努力保持这样的习惯：每天早上散步，都以"重新看一切"的好奇心，观察庭院里的一草一木一水一石，并且都有新的发现，散步回来，就有一种"新生"的感觉。

钱谷融先生有过这样的自我描述："我爱美，遇到美丽灵秀的事物，就会马上兴奋起来。所以我喜欢游山玩水，倒不是特别钟情山水，而实在是因为我们这个人世间，美丽的人和事未免太少了些"，"我无能而又懒惰，却留恋风景，爱好一切美丽的事物。《世说新语》载谢安有'眼往属万形，万形来入眼否'的疑问。而我则是个专等'万形来入眼'的懒汉，但求哂而怜之。""但有爱美之心，为了美（艺术的、人生的），可以付出自己宝贵的心力"。很难想象，这些话是从一位耄耋老人的笔尖汩汩流出的；历经磨难，还如此完整地保留了爱美之心，这很令人感动。我也因此明白，为什么在《书简》里，只要谈到女性、孩子，和大自然，钱先生的文字，就特别动情，格外有灵性。在他心目中，这都是宇宙、人间最美的生命，而他自己，也正是徜徉其间的同样美丽而纯净的赤子。

晚年的我，有两个园子。一个是燕园的庭院，它优雅，安静，我每天都要绕着走几圈，或者在路边长椅上闭目养神。另一个是自己的书房，就如同老农仍喜欢在地头打转一样，整天在书房里耙来耙去，继续耕耘我的"一亩三分地"：这是仅属于自己的精神的园子。